KB177322

웃음이 번져 봄이 되는

지혜사랑 251

# 웃음이 번져 봄이 되는

이혜숙

지혜

## 시인의 말

이 어설픈 시가
누군가에게는 고개 숙여 용서를 구하는 첫 음이 되고
누군가에게는 한 줄 위로의 노래로
머물 수 있기를.

김순일 선생님 고맙습니다.

베드로
바오로
아우스팅
윤정
다니엘
윤호와 맞는 저녁이 언제나 따뜻하길.

색들의 어우러짐이 어색하지 않은,
그래서 가는 길이 아름다운
로티번, 고맙습니다.

# 차례

# 1부
# 섬에서, 시

# 2부
## 수채화 그리기

# 3부
# 부끄러운 기도

# 4부
# 목련

9

• 일러두기
  페이지의 첫줄이 연과 연 사이의 띄어쓰기 줄에 해당할 경우 > 로
  표시합니다.

1부
섬에서, 시

# 섬에서, 시

너에게 닿기도 전에
입안에서 맴돌던
간절한 고백들이 모래알처럼 흩어지고
밤새 뒤척거리던 서정의 꽃잎들
새벽이 오기 전
물살에 섞여 멀어진다
다시
부질없는 약속과
허약한 다짐들에 손가락 걸어보는
무심한 시절

뒤척이던 바람에서 낯선 냄새가 섞여오고
수면 아래 잠들었던
전설의 긴 서사가 꿈틀거리는 소리들
이명처럼 들려오면
바다 빛깔을 닮은 해초에 노을이 얹히고
달빛에 이끌린 바다가 터질 듯 부풀어 오르는
그런 날
방금 건져 올린 비늘 푸른 글씨로
파도를 타는 물고기의 유연한 몸짓 같은 문장을
행간과 행간 사이는
먼 걸음으로 읽어 낼

안부의 배를 띄우고 싶기도 한데

나는
아직도
연필심 하나 다듬지 못하는
유배의 시간에
갇혀 있다

## 시시한 얘기

계절의 씨줄과 날줄 사이로
삐걱거리는 박자와
가사 없는 노래의 서툰 음표가 그려지고
손 거스러미의 통증이
눅눅한 밤을 끌어오던 날
밖으로 향하던 문들은 닫힌 거야
풍경의 수식어들은 지워지고
괄호 안에 속내를
둘러싼 벽은 견고하고 높았어.

그때부터
허공에 집을 짓는 거미의 균형이 필요했던 거야
달의 발자국을 따라 밤의 숲을 뒤적이는
고양이 눈도 있어야 했어.
흔들리는 것이
부끄럽지 않을 때쯤
바람이 몰고 오는 소리에 귀가 열리고
세상의 낮은 곳으로 흐를 줄을 알게 된 거야

입안에선 달큰한 침이 돌고
늑골 밑이 간지러워졌어.
단단하게 여며졌던 삭신은

발끝에서부터
손가락 마디까지 풀어져
문장의 띄어쓰기는 헐렁해졌어.
행간과 행간 사이는 자유로워지고

그 사이로
가득하게 봄볕은 쏟아져
쟁 쟁 쟁
내일이 걸어오는 소리가 들려

# 다시 쓰는 편지

마른 바람이 서성이고
깃털 곤두세운 새들의 발자국
더러
얼음 위를 걸어가는
창백한 겨울
문장이 되지 못한 단어들은
더 갈 수 없는 자리에서
단단히 얼어가고

지난 가을
날아 간 홀씨는
어느 허공을 돌며
식어가는 햇볕을 잡고 있는가.

떠나야 할 것들이 다 떠난 자리
헐거워진 시간으로
기억의 잔뿌리를 내리고
몸통을 키워야 하리라
비로소
내리던 눈들이 그치고
얼었던 강물은 풀어져
성성한 물빛 언어로

너에게
긴 서사의 편지를 쓸 수 있으리라

# 마라도에서

기억하니

너와 나 사이에서
휘적이던
빈 바람 소리를

저문 가을
바래져 가던 갈대의
쓸쓸한 빛깔을

거친 숨 토하며 달려온 물살이
벼랑 앞에서
무너져 내리던 몸짓을

끝내
닿을 수 없는 마음
모래밭에 묻어놓고 돌아서면
눈자위 붉은 노을이
풀어놓은 이야기를

기억하니

시월


이 사이로 빠져나가는
바람 같은 말
시월

바삭거리는 가을볕에서
마지막 만찬을 나누는
꽃향유와 꿀벌의 시간들을 지나
바람이 닦아 놓은
말간 하늘 속으로
들어가는
시월

먼 가지 위
까치밥 하나 마련해 놓고
느리게 걷는 저녁나절
창호지 문살에
어둠이 얹히면
고무신 콧등의
흙먼지 털어내고
눕는 아랫목

시월이 참 좋다.

나는

# 웃음이 번져 봄이 되는


웃어보고 싶어 큰 소리로
손뼉을 치면서 웃으면 잠자는 세포들이 깨어날 거야
온몸을 흔들어 가며 웃어보고 싶어
묵은 때가 벗겨지고
씩씩한 피돌기로 굳은 혈관이 풀어질 거야.
뱃속에서부터 올라온 소리가
언 땅을 녹이고
강물은 흘러
마른 뿌리를 적시며 흘러갈 거야.
가시덤불을 헤치며
안개 낀 들도 지나서
오래된 숲의 잠을 깨울 거야
후드득
잠들었던 새들이 날아오르고
여린 풀들 소스라치듯 올라와
온 들은 푸르게 물이 들 거야.
닭의장풀이 지천으로 부풀고
물봉선
애기똥풀의 노란 웃음이 폭죽처럼 터지는

웃어보고 싶어
봄물이 흠뻑 들게

웃어보고 싶어
봄이 되어보고 싶어

# 몇 개의 단어를 붙잡고

봄볕에 내어놓아야 하나.
손등 터지는 건조한 날엔
사락사락 내리는 비에 적셔 보기도 하고
굽은 도랑을 지나는 수풀이기도 하다가
밤의 늪에서 숨죽여 기다리는
제목을 달지 못한 떫은 시 끌어안고
한옥마을 가는 길
차창으로 달려드는
익숙한 문장들은 밀어낸다
모모의 늙은 창녀를 닮은 입술이 엮는 세월은 길고
여린 손끝은 헷세의 책장을 넘기다 잠이 든다

한옥마을
햇빛 따끈한 돌담을 따라 걷다 보면
유년의 기억이 콧잔등에 땀방울로 얹히고
쉼표처럼 서 있는 느티나무 그늘에서
더는 풀어내지 못한 글은 내려놓기로 한다
진양조 걸음으로 들어선
품이 넓은 집
창호지 문의 국화 문양은 마지막 향기를 붙잡고
말라가는데
누가 읊고 있는가.

긴 호흡으로 끌고 가는 시조 한 수

능소화가

꽃잎을 연다

# 단상

부활절 성당 벗나무는
목청껏 할렐루야를 부른다
초록 잎은 낮은 저음으로
꽃잎은 고음으로 올라간다
종려나무 가지 흔들며
눈빛 선한 이를 환호하던 그때처럼
벗나무는 화음을 섞어
꽃잎 뿌리는
성당 마당을 지나면

민들레 노란 얼굴로
해바라기하고
납작 엎드린 질경이는
횟배 앓아 시들었다
무심한 발길에
개미는 밟히고
일찍부터 가시를 세우는 법부터 배운
장미가
담장을 오르느라 안간힘을 쓰는
골목의 끝

그늘은 깊기만 하다.

# 석양

내 그럴 줄 알았어.
몇 날 며칠을 서성대더니
그럴 줄 알았어.
네가 바닷속으로
몸을 던진 후
와르르 산자락이 네 뒤를 따르고
새들도 따라
들어가고
하늘은
서둘러 조문의 검은 휘장을 펼친다

홀로 남은 찌르레기가
뽑아내는
조가 한 마당만
낭창낭창 깊어가던
그 저녁

# 해바라기

단단하게 영근 씨를 촘촘하게 박고
세상의 끝에 섰어.
아지랑이 속에서 해를 품고
나선 걸음에
바람의 낯선 얘기 귀에 담으며
한 모금의 물로 견딘 인내가
오소소 소름 돋던 밤의 쓸쓸함을 건너기도 했어.

흩어진 생각들을 모아
줄기를 세워 오르고
꽃도 피우면서
더는 올라갈 수 없는 자리에서
오르는 건
내려가기 위한 것이란 걸 알았어.
내려가고
또 내려가 더 내려갈 수 없을 때
다시
어둠 속에 뿌리를 내려야 한다는 걸
함께 손잡고
일어서야 한다는 걸

밟히고

밟히며
살아가는 질경이의 숨소리를 들어야 한다는 걸
세상의 끝에 올라서 서야

알았어

# 십일월쯤

놓아야 할 것과
잡아야 할 것들을
골똘하게 생각해야 할 때
반쯤 열린 창문 넘어
하늘은
어미를 닮아 단호하다

군내 나는 속 때는 무겁고
여름비에 젖어 헛배 부른
비만의 언어가
만들어 놓은
잡풀 무성한 길

한 줄의 시는
누구의 밥이 될 수 있을까.
물음표 위로
찬비만 쏟아지는 계절

다시
가방을 싸야 한다

# 봄날

박새 한 마리 날아와 전깃줄에 앉는다

잠시

출렁이던 줄이 멈추면

하늘은

바람의 발자국을 지워간다

여백 많아진

봄날

마루 끝에 앉아

꽁지 파닥이는

시 한 편 읽는다

# 선암사 가는 길

오슬오슬 소름이 돋듯
매화는 피어 지천이다
무심한 듯 산수유가 버짐 핀 듯 섞이고
갈라진 삼나무 도닥이며 오르는
마삭줄은 대견하다.
장승처럼 선 씩씩한 편백 나무 사이
아장거리는 돌들이 앞장선
선암사 가는 길
저만치
환하게 두 팔 벌리며
맨발로 마중하는 승선교 돌다리를 건너면
세신하라
세신하라 비는 내리고
일주문을 지나서
색이 지워진 하늘 아래
홍매화는 붉게 꽃잎을 열었다.

걸개그림 속으로 들어 가
무늬로 섞여 보기도 하고
이끼 낀
기와 속으로 스며드는 빗방울들이었다가
빗물에 얹힌 꽃잎이 되어

물길 따라 흘러간다
닿을 곳은 어디일까.
휘어진 돌담을 지나서
늙은 와송이 뒤척이는 자리에서
어지러운 생의 수식어를 씻어낸다

비는
그치고
산 아래 길 환하게 열렸다

# 비 오는 날엔

비 오는 날엔

모두가 섬이 된다.

빗줄기 넘어 아득한 곳에

네가 있고

그 거리만큼

오늘은

네가 그립다

# 간월암

붉게 타는 바다에

떠 있는 간월암

늙은 소나무

불붙어 활활 탄다

어린 동자승

발만 동동 구르고

반나절 가부좌한

노스님

독경 소리만

느긋하다

# 그 섬엔

그 섬엔
오지 않는 사람을 기다리는 누렁이와
밤낮없이 뒤척이는
바람과
채근 거리는
물살을 다독이는
등대가 홀로 지쳐간다는데

그 섬엔
아기 울음소리를 닮은 갈매기들이
하늘 가득하게 날아오르고
돌아올 발걸음을 기다리는
섬 아낙 곁엔
수시로 찾아오는
새들이 반갑기만 하다는데

그 섬엔
누구라도 한 번 들어오면
바람이
안개가
파도가
육지로 나가는 길을 지우곤 한다는데

\>
떠나지 못한 발길이 닿은 빈 분교
늙은 향나무에는
붉은 부리 딱따구리가
온몸으로 목청을 높여 노래하고
삐걱거리는 녹슨 그네가 화음을 넣으면
운동장 유채는 꽃잎을 열어
온 섬을 노랗게 물들여 출렁인다는데

그제야
큰유리새는 푸른 날갯짓으로
바닷길을 열어주는
그 섬이

어청도라는데

# 2부
## 수채화 그리기

# 수채화 그리기

성근 빗줄기가 그치고 있었다네
떨어진 잎새가 수북한 길
인연의 주름 펼쳐보는
발걸음이었다네
때로 소홀했던 마음들은
젖은 잎새로 내려놓고
큰 나무들이 다정하게 서 있는 길을
함께 걸었다네
소나무 베어진 자리마다
올라온 운지 버섯들
소복소복 따라오고
산사에 닿기도 전
마중 나온 종소리는
안개 자욱이 뿌려놓고
잠시 피안의 시간에 머물라 하네

길옆 작은 미술관
모네를 닮은 수련의 그림 속으로 들어 가 보네
먼발치 개망초는 지천으로 피고
눈밭 속 건강한 자작나무 숲을 지나서
산자락 하얀 구절초 향기에 취하였네

&gt;
미술관을 나오자
구름 비켜 나온 햇살에
홀로 환한 산 중턱 암자
간절한 기도가 하늘에 닿았는가.
오늘 그린 수채화 한 점
슬쩍
엊어놓고 내려왔다네

# 두물머리에 간다는 건


수선스런 풍경은 저만치 밀어 놓고
물살에 흔들리는 가락 하나 건져 올린다
삐걱이는 마음은
다시 적셔
볕 좋은 바위에 널어놓고
옥양목 뽀얗게 마르는 소리를 따라가면

옛이야기 풀어진 땅
거기 그대로 앉아라
휘영청 버드나무가
들려주는
먼 곳의 소식에 귀를 열어라
눈발에 생솔가지 뚝뚝 끊어지는 소리
가슴에 닿아 무너지더라도
흘러야 한다는 걸
천일각* 휘돌아 온 물살에 섞인
동백꽃 피는 소리 가까워지면
버선발로 달려와
비릿한 녹차 향 스민 물살에 젖으며
또다시 흐르는
그 서늘한 여정의 끝에서
댓잎 바람에 스치듯

약천**에 물 고이듯

두물머리에 간다는 건
함께
흐르겠다는 다짐이다


* 강진 다산초당의 누각
** 다산초당의 샘

## 5월 23일

비릿한 풀 향으로 쓰인
젖은 편지 한 장 도착했습니다.
논물 가득히 채우고
아장거리는 푸릇한 모종을
꼭꼭 심어보고 싶다고
그보다 더
새파란 손녀의 손을 잡고
오월의 든든한 뿌리가 되고 싶다는
편지는
논둑에서 마시는 막걸리보다 더 취하는데

살아있음으로 견뎌내야 하는
무거운 시간들
벼랑 끝에 서자
깃털보다 가볍고
봄꽃 향기보다 서러워

편지는
새벽 안개 속으로
휘어지듯 날아올라

도착했습니다.

# 밀양 할매

미안하다
미안하다
전기톱에 패인
소나무를 껴안는
765kv out 삭정이

퍼렇게 질린 화악산 자락엔
철쭉만 붉게 피었다

# 여백

한낮
나무 끝에 걸려있던 바람이 떠나자
팽팽하게 당겨졌던 햇빛의
시윗줄이 느슨해진다
풍경들이 흔들리다 멈추고
기웃거리던 나뭇가지마저
먼발치로 물러나면
흐릿한 바람의 발자국만 남은 화선지
단풍나무 뒤척이며
떨어뜨린 잎새들
더러더러 그려지는

그 위로
한 줄 휘청이는 선으로
곤줄박이 날아오르는
초가을
사각사각
여백 많은 그림 속으로
들어간다

# 소나무

바람 따라 오르는 길
여린 속살에
등뼈 곧게 세우고
물줄기 끌며 가파른 시간에 서면
겉살 터지는 봄 가뭄에도
멈출 수 없는 상승의 맛은
코끝에 매달리던 생강나무 향보다 진한데
발뒤꿈치 굳은살 박히고
덜 아문 상처에 얹히던 그늘은
떫은 송홧가루로 날려버린다
그 아래
낮은 자리 꽃들의 얘기는 멀다
부러진 가지에
새 살이 돋아나기를 기다리는 동안
뒤척이는 마음 추스르며
올려다본 하늘

바스러질 듯 얇은 낮달 걸려있다

# 러시아 그림 이야기


타타르 몽골이 물러갔다네 블라디미르 성모여

잔설의 가지에
산 까마귀 몰려와 까맣게 매달리고
부풀어 오른 볼가강 위로
소년이 온 힘을 다해
배를 끌어 올리는
쉬스킨의 소나무 숲에 햇빛 쏟아지는
봄이라네

레핀의 루빈스타인이 지휘봉을 들면
풀들은 서둘러 푸르게 물이 들어가고
맨발의 톨스토이는 호미를 들고
밭으로 나간다네
마지막 오 분의 시간에 갇혀 있는 듯
도스토예프스키는 긴 사색에 들어 돌아올 줄 모르고
고리키에게
한 움큼의 햇빛은 언제나 간절하다네

이제
봄의 홍수는 지나가고
조랑말들은 쟁기를 매달고 들로 나갈 준비를 마쳤다네

밀이 노랗게 익어가고
여인들의 콧노래로 레비탄의 가을은 달콤하기만 하다네
막 목욕을 마친 붉은 말이
달려가는 건조한 말레비치의 도시에
떠났던 샤갈이 다시 돌아왔다네
얼굴 파란 유대인이 지붕 위에서 바이올린을 켜고
샤갈이
벨라가 하늘을 날고
암소가
당나귀가
수탉이

비테프스크 하늘엔
내리던 눈이 그쳤다네


* 쉬스킨, 레핀, 레비탄, 말레비체, 샤갈―러시아 화가
* 톨스토이, 도스토예프스키, 고리키―러시아 작가
* 루빈스타인―러시아 음악가
* 벨라―샤갈 부인
* 비테프스크―샤갈의 고향

## 물들어라

물들어라
빨갛고 노랗게
절정의 색으로 물들어라
어느 한 날
이렇게 물들어야 하나니
어느 한 계절
이토록 간절해야 하나니
비틀거리고
절룩거린 발자국이라도
나를 던져
이렇게 물들 수 있어야 하나니
함께 손잡고 물들어야 하나니

서러워 말 일이다
돌이켜 울먹이고
억울할 일 아니다
부대끼고
깨지고
가슴에 풀리지 않는 멍울
더 붉게
더 진하게
물들이면 될 일이다

>
쓸쓸하면 쓸쓸한 대로
피 토하듯
온몸으로 살아 낼 일이다
온몸으로 너에게 다가가면 될 일이다

가을
가을이다

# 부활

봉지 속 엄나무 순 꺼내
웃자라 억센 잎
시들어 누런 잎들을 골라낸다
이제 막 눈을 떴는데
꽃술을 달아보기도 전
촐싹이는 벌의 날갯짓에
한눈 팔며 마음 건네 보지도 못한 채
세상으로 난 길이 지워지고
새벽 종소리가
빈 하늘에서 흩어져 버리는 새벽
한 발 나서자
아찔한 벼랑인 것을
짐작이나 했을까.

버리려 밀어 놓은 엄나무 순 다시 집어 든다
눈빛 당당한 잎들과 함께 섞어
몇 방울의 참기름과 깨소금
잘 익은 장으로 간을 하여 버무린다
풀어내지 못한 어제의 가슴앓이를
삭히는
고소하고 달달한 무침
한 끼의 밥이 된다

&gt;
엄나무 순의
부활이다

# 삼보일배

산자락 나무들이
바람불면 한쪽으로 휘었다가
다시 일어서는
임진각 가는 길
엎드려서야
밟히며 상처받은
숨소리 들리던
유월이었어

차고 시린 날과
허기진 하루들을 건너온
쥐똥나무가
밥풀 같은 꽃 매달고
앞장서서 걸어가던
그 너머
더 갈 수 없는 길 위에서
백 팔 배로 휘청이던
네 어깨
도닥여주며
자꾸
코끝 시큰해지던 유월

유월이었어

## 눈썹 끝에 달린 오수

나비 한 마리
내 방으로 들어와
날개를 접는다
나비로
사람으로
이생에서 만나기로
전생 어느 갈피 속 약속이었을까
옛날애기 같은 햇살이
내려앉은 오후
잠시
몽환의 기억 속을
더듬으며
길을 나선다

# 고해성사

빗속에 서면
실타래가 풀리듯
풀려나오는 기억들
정수리에서부터
발끝까지
올이 다 풀리면
물비린내 나는 웅덩이 속
아리고 쓰린 생채기로
꿈틀거리는 맨 몸뚱어리의 애벌레다
비는 더 내리고
아직도
퍼렇게 날 선 실핏줄이
부드러운 곡선으로 흐를 때까지
어디에 숨겨진 옹이인가.
피고름으로 터져 말간 물이 나올 때까지
비는 그치지 않고

그리하여
헐거워진 마음 사이로
새 살이 돋아나오기를 기다리면
어느 봄
빨랫줄에 걸린 옥양목 홑청으로

물빛 하늘이 들어오고
사월 여린 꽃 순들이
무늬로 피어나던 기억
나는
다시
어미의
살 내음 속으로
들어갈 수 있으리라.

# 3월

주춤주춤
뒷걸음질 치는 겨울
쏜살같이 달려온
봄이 덮쳤다

화들짝 놀란
겨울
엉덩방아 찧고

그 바람에
오늘은
목련꽃 같은 눈이
온종일 내렸다.

# 풍경 3

톡톡
어깨를 치는 햇살
돌아보니
벚꽃
하얗게
내리고 있다

낮게
더 낮은 자리로
내려앉으라는
봄날의
눈 시린
유언을 읽는다

# 사월
## — 4·16을 기억하며

사월입니다.
마른 땅에 물기가 돌고
나무는 생살을 찢으며 잎들을 쏟아내느라 아우성입니다
냉이가 민들레가
저마다의 이름이 있는 꽃들이
빈들을 장식하고
옹알이 터지듯 꽃을 매단 벗나무 아래
잊지 않고 돌아온 새들은
바람 가득하던 어수선한 집을
단장하는 사월입니다

이 땅 천지는 이렇듯 술렁이는
몸짓들로 넘쳐나고
오고 감이 자연스러운 시간 앞에서
시계는 멈추었습니다.
햇빛조차 허락할 수 없는 시린 가슴
화인처럼 박힌 사진 한 장으로
스치지 않아도 데이는 아픔입니다
누가 뭐라지 않아도
감당할 수 없는 슬픔의 무게는
다시 일어설 수 없는
무참한 사월입니다

\>
내리는 빗소리에서
바람이 흔들고 가는 문소리에서
수시로 무너지던 일 년
재잘거리는 아이들 소리가 담장을 넘어올 때
어설픈 농담이 섞인 발자국 소리는
수없이 대문 앞에서 서성이게 했습니다
여린 햇살의
볼 붉은 미소에 내 아이의 얼굴이 겹쳐집니다

붉은 피멍으로 가슴에 새긴 말
미안하다고
사랑한다고
그리고 잊을 수 없다고
가다가 쓰러지고
다시 일어서
내 아이를 만나러 가는 길
꽃들이 부질없이 피고 지는

사월입니다

## 그네를 타 보고서야

환하게 웃으며 다가오다가
늘 멀어져 가는
그게 너인 줄 알았어.
꽃처럼 웃다가
공연히 하늘 보고 울먹였던 것이
다 너 때문인 줄 만 알았어.
옥녀봉에 올라
그네를 타 보고서야 알았어.
그 자리에 늘 네가 있었던 것을
어둠 끝에서 빛으로 서성였던 것이
떠나지 않은 네 마음이었다는 걸
이제야 알았어.
바람 없이도 흔들리는 건
내 마음이었어
내 마음뿐이었어

# 풍경 4

누군가가 그리워지는 날
수화기를 든다

닿을 듯 길게 이어지는
신호음
누구에게 닿을 것인가.
불러보는 이름들

창문을 두드리는 소리에
돌아보니
거기
수런거리며
가을이 오고 있었다.

식어버린 커피에
먼 이름들 섞어

가을 속으로
들어간다

## 피켓팅 picketing

목이 긴 난 화분에서
꽃이 피었다.

봄이 올 기미는 멀고
햇빛은 궁색한데
마른 가슴 안으로
물길을 열고
섞이지 않는 음들이 부딪치는
날카로운 자리에서
하나의 생각은
견고한 벽을 넘었다.
정물의 자리에서
쏟아져 나온 함성

꽃이 피었다.

# 기다려야 할 때


눈 감고
귀 막으리
어둠에 온몸이 잠길 때까지
지친 달빛 사이로
하얗게 드러나는 뼈
벌어지고
휘어진
더러 삭아버린
마디마디 사이로
밀려왔다 빠져나간 바람은
지금
어느 새벽을 열려 하는가.
심지를 태우던 호야 불이
사그라들 즈음
부둥켜안은 사랑마저
배꽃처럼 떨어지고
기척 없는 밤새
푸득
날개를 편다
그제야
산을 열고 오르는
해를 만날 수 있으리니

3부
부끄러운 기도

# 부끄러운 기도

개망초 꽃 자리에 거미가 뽀얀 집을 지어놓았다
꽃잎과 꽃잎 사이
잎새와 잎새를 건너
꼼꼼하게 엮어놓은 거미의 집

이슬의 방도 꾸며 놓고
포근한 아침 빛이 들어온 자리에
거미는 곤하게 잠들었다

꽃잎과 꽃잎 사이 줄을 건드리자 출렁인다
잎새와 잎새를 연결해 놓은 줄을 끊는다
놀란 거미
옆 가지로 옮겨 앉았다 떠나고
나는 물을 뿌려가며
끈적이는 것들을 닦아내며
거미의 집
흔적을 지운다.

돌아보면
걷는 내 발길에 개미가 채이고
이름을 알 수 없는 벌레들이 밟혀 사라졌다
담벼락에 기댄 민들레를

막 꽃잎을 연 제비꽃을 무심하게 꺾어 버리기도 했었던

어느 봄
먹이를 찾아 나갔던 어미 박새 돌아오지 않아
배고픈 새끼들 울음소리로
온 하루가 지쳐가던 그날
기도서가 부끄러웠던 기억도 있는데
여전히
나는
사제와 레위 사람을
따라가고 있다

# 늪이었던 거야

잔소리처럼 달라붙은 진흙이 떼어지지 않아
눈도 떠지지 않아 볼 수가 없어
어디일까.
귀에서는 벌레들이 날아다니고 있어
움직일 수가 없어
자꾸 아래로 빠져들기만 해
가위에 눌려
소리를 낼 수가 없어

벗어나려고 하면 할수록
더 깊은 곳으로 빠져들어
진흙 속에 갇혀버렸어.
더 내려갈 수도
올라갈 수도 없는 자리에서
알게 되었어.
어느 날 늪에 빠진 것이 아니란 걸

늪은 내가 만들어 놓은 거였어
흐르는 물줄기를 막아서고
봄볕에 나선 여린 풀들을 밟아버리는
이기심은
호외처럼 뿌려지던

소나기도 외면하는 몸짓으로
번져갔던 거야
뱉어낸 말들이 썩어가고 있었던 거야

내가 늪이었던 거야.

# 까치밥

나는
살고 싶어졌다

휘청이는 허공에서
견디는
저
감 하나의 시간

삶의 끝자리에서
누군가의 밥이 될 때까지

나는
살고 싶어졌다

# 위로


하동 벚꽃 길에서
어느 한날
환하게 꽃필 날 있으리라고

어린 것들의
숨 냄새 가득하던 달큰한 시절도
어둠을 끌어안고
골목을 끝에서 서성거리던 날의 기억도
떠나간 새들이 돌아오지 않는
빈들에 서 있던 허전함도
돌아보니
꽃 피는 날이었던 걸

출렁이는 바다에서
위태로운 오늘도
눈부신 꽃비가 내리던
하동의 그날이었다고

기억할 날 있으리니

## 시를 쓰는 일


떠난다는 건
다시 돌아오겠다고 손가락 거는 일이 아니다.
마시던 커피가 식기도 전에 버려지고
끝내지 못한 어제의 수다를 접는 일이다
쓰다만 낙서로
냥이 똥을 치우고
뒤적이던 오래된 잡지는 덮는다
창문 너머 풍경 속으로 뛰어들어
바람의 결을 따라 흘러갈 일이다
계절의 꽃들이 피고 지는 들에서
긴 호흡으로 서 있으면
꽃의 숨소리와 새들의 언어가 그려진
세상으로 들어가고
비릿한 강물을 따라 흐르면
어디쯤에서
한 마리의 물고기로 태어나리라고

길은 잃어도 좋으리라
낯선 목소리를 따라나서고
알 수 없는 언어에 귀를 열고 걷다 보면
돌아갈 수도 나갈 수도 없는 길
여긴 어디인가.

잎새를 떨군 나무들이
몰려오는 눈보라에 쓸리는 언덕에서
히스크리프의 울부짖음에 목이 쉬고 있는가.
로체스터로 가는 제인의 발자국을 따라가며
긴 서사의 글을 쓰고 있는가.

떠난다는 건
다시 돌아오겠다고
돌아오겠다고
손가락 거는 일이 아니다

# 이순의 가을

가을볕 아래
떨어진 잎새 하나 주워든다
푸른 시간이 떠난 자리
벌레에게 내어주고
바람과 볕에 시달리고 그을린
바랜 낯빛이
지나가는 발길에
밟히고 바스러진다

출렁이던 계곡 어디쯤에서
설탕처럼 끈적이던 수액의
소설 몇 편쯤
읽었던 기억도 있는데
이끼처럼 축축한 농담으로
비켜선 부끄러움들은 덮고
설익은 열매 몇 개 뒤적이는
세월은 기우는데

더러 남은 잎맥의 솔기는
남은 볕으로 다림질해야 하리
명치 끝에 달릴 겨우살이는
누군가의 약으로 내어주고

땅속 깊숙이 뿌리를 내린 나무에서
맺힐 열매는
유년의 어느 소풍 날 찾을
숨겨진 보물로 남겨두리라.

## 기차를 타고

빠른 기차를 탄 건 얼마 전이였다.
코스모스가 몇 개 피어 흔들리고 있었던가.
이름이 기억나지 않는 간이역이었다
몇 개의 역을 지나치고
이제
이정표는 얼마 남지 않은 길이 그려져 있다

뒤돌아보니
내리막으로 들어선 기차의 연기 속으로
지나온 길들이 하얗게 지워지고 있다

늦은 커튼을 젖히던 아침도
고개 숙일 줄 모르던 점심도
이젠 용서하리라고

구부러진 모퉁이 숲길을 돌 때쯤
바람이 일고
후드득 나뭇잎들 떨어진다
한결 넓어진 숲 안으로
새들은 저녁의 한 자락을 물어오고
어둑해진 숲에 기댄 낮은 지붕 밑으로
늦은 꽃이

스치는 불빛에 고개를 내민다

먼 데서 들리는 밤비 내리는 소리에 귀가 열린다
다가오는
이승과 저승의 환승역

조락한 꽃에선 씨 하나 남길 수 있을까.

# 내어놓으려네

의자 하나 내어놓으려네
귀퉁이는 닳아 둔해지고
나사 풀어져 한쪽 어깨 기울어진
더러 벗겨진 칠에
묵은 때 올라앉은 의자를
낮은 처마 아래 내어놓으려네

떠날 사람들이 가버리고
다시 누군가 올 것인가를 염려하는 동안
달력이 뒤적이는 오래된 인연들이
손에서 호두알처럼
아날로그 추억으로 반질거리고
그리움이란 단어 젖은 빨래처럼 걸리는
그런 한나절을 허락하는
의자라면 좋겠네

가을 끝에 내리던 비가 그치고
헤픈 농담처럼 잎새들 떨어진 길을
녹슨 푸념도 끝난 자전거 실루엣에
제발題跋 한 줄로 머물 의자

그런 의자라면 좋겠네

## 덩굴장미 앞에서


어스름 저녁
홀로 만나야 할 어둠들
오소소 돋아나던
외로움을
가시로 세운 날부터
밤은 깊고
별들은 언제나 먼 데서
깜빡일 뿐
그래도
견뎌야 할 시간 앞에서
만나는 벽
잠시
뒤돌아
내려가며 생각했다

오르는 길도
내려가야 하는 길도
오월 덩굴장미 같은 거라고
피 토하듯
붉게 피었다 지는 거라고

## 꿈이었나 봐

수런대는 바람 소리에
몸에서 잎들이 돋아났다.
잎사귀 사이로
피는 것이 꽃인가.
나비가 모여들고
은밀한 시간 들을 모아
숲으로 키우고 싶기도 한

박새가 날아오고
어치가 집을 지어
입 큰 새끼를 키워내는 숲
소쩍새 그리움의 줄을 긋는
봄밤이면
지난 시간 건져 올려
달빛에 걸어보기도 하는

그건
눈썹 끝에
매달리던 한나절의 꿈
눈 뜨면
개망초 졸고 있는
오월

# 풍경 3

바다가 보이는 언덕
낡은 벤치가 홀로
흐린 색으로 바래 가는 오후
꽃은
언제부터인지
저 홀로 피고 지는 일에 익숙해져 있었다

그러다
누군가
우연처럼 다가와
계요등
타래난초로
불러주면

함께
바다로 흘러가도
흘러가도 좋으리라

# 가던 길 멈추고

가던 길 멈추고 잠시 돌아본다
개망초 자오록한 그 너머
깜장 고무신이 타박타박 재빼기를 오른다
저만치
자전거가
긴 그림자를 끌고 저녁
그때쯤
허기진 하루를 밀어내는
아궁이는
마른 솔가지 태우며
뚝배기 넘치게 강된장을 끓이는
흑백 사진 서너 장 걸려있다
담벼락 옆에
삐걱거리던 자전거는 멈춘지 오래

몇 장 남은 사진들 바래
기억조차 없는 날이 오면
그나마 뜨던 별들마저

떠나가는 날이 오리니

# 눈 오는 아침에


눈밭에 갇힌 나무들의
가지 부러지는 소리가 이명처럼 들리기 시작했어.
갓 구워낸 빵처럼 연한 아침이
눈 속으로 들어 가고
진하게 내린 커피도 따라나섰나.
여리고 부드러운 것들의 하강은
지상의 발자국들을 뚝뚝 끊어내고 있어


잃어버린 신발 한 짝은 어디 있을까.


바닷물이 넘치도록 밀려오던 그 섬엔
삐걱거리는 수차 소리가
아침을 열고
소금 꽃 하얗게 내리는 팔월
소금 걷는 고무래 소리에
노을이 얹히면
아비의 자전거가
그림자를 끌고 등성이를 넘어오곤 하였어.


잃어버린 신발 한 짝은 어디 있는 걸까.

# 갤러리 두모악에서

허전한 자리마다
붉은 마삭줄 품고
가을비에 젖어가던 갤러리 두모악
인기척인 듯 돌아보면
빗소리뿐
떠나지 못한 마음
감나무 끝에 매달렸다.

청보리 푸른 줄기
물빛을 닮아 출렁이다
비로소 뭍으로 가는 길을 열 때쯤
여린 풀들과 바람의
풍경 속에서 움켜쥐던 생의 한 조각
달빛에 섞어
빈 바다에 풀어낸다

성산포 물안개 피는
중산간 오름의 아침
손가락엔 피돌기가 시작되고
먹먹한 가슴으로 밀려오는 파도
펄떡이며 물고기들은 하늘을 날고
와르르 바다 밑에서 피어나던 유채꽃

\>

카메라 렌즈가
건져 올리는
하루를 살아 낼 이유.

# 골목에서


어둠이 들어앉은 골목
숨은 그림 찾듯 길을 찾는다
여기를 저기를 둘러봐도 어둠뿐이다
낯선 풍경에
가쁜 기침이 튀어나오고
놀란 밤새가
후드득 날아간다

골목의 끝 어디쯤에서
깜빡이는 한 모금의 담뱃불이
긴 호흡의 불빛을 키워 가다
발밑에서 뭉개진다
슬리퍼 끄는 소리에
목쉰 대문이 열렸다 닫히고
다시
어둠이 촘촘하게 엮인다

지상의 가장 슬픈 단어는
긴 울음의 강으로 뛰어들어

길을 잃은 달은
어디로 흘러가는가.
하늘은 검고

떠나간 밤새는 다시 돌아올 수 있을까.

# 봉평에서

비에 섞인
허생원 나귀 방울 소리 들리는 봉평
메밀꽃이 비에 젖어가며
풀어 놓는 이야기 속으로
사분사분
걸어 들어간다.

장터 막걸리에 취해
왼손잡이 등에 업혀
개울물 건너던 허생원
그 여름
들리던 물레방아 소리는
지금도 쟁쟁하다

저 물소리 따라
내 저녁도 오리라
메밀꽃들 비에 젖어 떨어지듯
떨어지는 시간들
이른 봄
언 물 녹여가며
흘러내리던 물소리는 어디에 닿았을까.

\>

떨어진 메밀꽃
몇 송이 주워
내 화폭에 그려 넣고
오늘은
저 물소리 따라
끝도 없이 흘러가 보리라

# 나를 보고 있다

불을 끄자
불빛보다 밝은 눈들이 환하게 눈을 뜬다
창문에 있는 눈이
사방의 벽면에
천장에 매달려 있던 눈이 눈을 뜨면
보풀라기 일도록 입은 털옷이 벗겨지고
헤픈 웃음의 속옷이
살얼음 낀 말들로
단단하게 여민 옷들이 흘러내린다
때처럼 붙어있던 옷들
발밑으로 밀어내면
마침내 드러나는 알몸뚱이
늑골 아래 어디쯤에서부터
뻐근하게 통증이 일고
부풀었던 폐는 쪼그라든다
감추었던 부끄러움이 민망한 하품을 하고
까칠한 혀에서
달큰한 침이 돌면
고치 속
애벌레의 깊은 잠속으로 들어간다

내일은
연한 얼굴로
아침을 열 수 있으리라고

# 균형


동자승 다듬이질 소리 따라
구절초 무리 지어 핀
그 절터 마당엔
오래된 탑 하나
기울어진 하늘 한 귀퉁이
어깨로 받치고

수행 중이다

# 에피소드

설핏

오수에 들었던가.

눈을 뜨니

함박눈 뽀얗게 내린다

벚꽃 지는

사월의 이야기

## 살아가는 일은

밤새
비가 오고 바람이 훑고 간 호수
깨어지고 부딪쳐
울퉁불퉁한 수면 위로
아침 안개 내려와
팽팽하게 당겨진 줄은
느슨하게 풀어주고
끊어진 줄 다시 이어준다
부드러운 몸짓으로
날카로운 모서리는 쓰다듬어 둥글려 주면
한결 편안해진 호수
버드나무 가지가
뒤뚱거리던 물달개비 한쪽 어깨 잡아주는 동안
청둥오리 새끼
첫 날갯짓으로
하늘 속으로 풍덩 날아오른다

살아가는 일은
호수 위로 번져가는
너의 웃음소리를
내가 듣는 일이다.

4부
목련

# 목련

바람 끝 시린 아침
목련이 피었다.

몇 되박 콩 팔러
시오리 사강장 다녀온 검정 고무신
지친 해이고 사립문 들어선다
보따리에서 나온
알록달록 꼬까 고무신이
깡총거리는 저녁
무쇠솥에서 보리쌀 와글거리고
아궁이 앞 사위어가는 불 위에
시커먼 강된장이 횟배 앓듯 끓으면
온종일 굶은 허기 채우고
꼬까신 끌어안은 새끼 옆에서
잠 속으로 빠져들던 검불 같던 어미

쏟아질 듯 담아드릴 고봉밥인 듯
목련은 피고
정갈하게 빗어드릴 쪽 찐 머리인 듯
댓돌 위 뽀얗게 닦아
놓아드릴 하얀 고무신인 듯
목련은 피고 또 피어

>
온종일
봄눈은
훌쩍이며 내리고 있었다

## 아비의 경전

반쯤 열린 대문 안으로
오후 낮 볕이 기웃거리는
오래된 집 툇마루엔
허전한 시간을 엮는
잎새들 몇 개 올라앉아 수런거린다
젖은 손들이 떠난 우물가 두레박은
한 발 올라설 수도
내려설 수도 없는 벼랑이다

봄눈은 잦고
빈 밭을 뒤적이는 어린 손등이 갈라져 피멍울 맺히던
햇보리 나오기 전
다북쑥 소복한 들에서 헛배는 부르고
그해 여름
밀려온 태풍을
맨몸으로 막아서던 아비는
물에 젖어도
지워지지 않을 경전을 썼으리라.

별의 자리로 오르는 발바닥엔 굳은살 두터워지고
손바닥 지문을 지우며
팔월 볕에서 익어가는 하루가

털 고르기를 끝낸 고양이의 우아한 걸음걸이로
들기름 내 수수부꾸미 굽는 밤을 열어가리라고
우물 속에서 올라오는 두레박처럼
허공에 선 아비의 경전은
아직도
우물 속 이끼처럼
푸르다

## 얇아진 농담


여행을 떠났다는 소식을 들었습니다.
삼월의 황톳길 길을 걸어서
은사시나무잎이 손 흔드는
오월의 숲을 지나고
한바탕 소나기가 퍼붓는 들녘을 건너
소소한 일상을 지우는
눈길을 따라나섰다고요.


몽드베르그 병원*에 부는 바람은
아직도 싸늘하게 식어있던가요
우울한 하늘빛과
가지만 남은 나무들이 휘청이는
먼발치 풍경에
부조처럼 까미유를 세워놓고 돌아서면
그날의 총성처럼 까마귀 떼 날아오르는
아를의 밀밭에서
압생트에 취한 고흐의 출렁이는 그림을 만나고
이명처럼 들려오는
얼굴 없는 수도사의 기도 소리를 따라가다 보면
거기 어디쯤
중세 그레고리안 성가처럼 모래바람 이는 사막에서
레테의 강을 건너듯

수시로 길을 잃곤 한다고요.

이제
마을로 돌아오는 길에
내리던 눈들이 그쳤습니다
언 땅엔 물기가 돌아
갇혔던 풀들이
환호성 지르며 올라오고
얇아진 농담은 낡은 화병에서 잊혀서 가는 시간
댓돌 위
뽀얗게 닦인 신발 하나
내놓았습니다


* 까미유 클로델이 입원해있던 정신병원

## 내 눈도 매워


성급한 봄이 찍어놓은
풀색들 사이
솔방울은
겨울을 잡고 있다

지난 가을 대문을 나선 아버지는 돌아오지 않았다
바지랑대엔 뽀얗게 삶은 빨래 걸리고
텃밭으로 종종거리는
굳은살 발뒤꿈치는 갈라졌는데
궁금한 눈길들이
담을 넘어오면
울타리 너머
개나리가
제일 먼저
노란 얼굴로 헤살 거리며 소문을 물어내곤 하였다
긴 장마 끝
불길 뱉어내는 아궁이로
생솔가지 연기 자욱한 부엌
매운 눈 핑계로
연신 눈물 훔치며 훌쩍이던 엄마
빗소리에 섞일 아버지 발자국 소리에
연신

귀가 열리던 유년

오늘
옥천사 굴뚝을 타고 나온
연기 타고
아버지 발자국 소리 들린다.

# 집으로 가는 길


운동화에 묻은 흙을 털어내고
비눗물 풀어 문지른다

구부러진 길모퉁이를 돌고
계단을 따라 오르내리다가
장승백이 어디쯤에서
또 길을 잃었다
뒤란에서 무성하게 풀들이 자라
빗소리에 수런거리는 집
장독대는 볕 아래서 가지런히 익어가고
봉숭아 피어서 첫눈이 올 때까지
손톱을 빨갛게 물들여 줄
그 집으로 가는 길을
잃었다
풀어놓은 얘기가 흥청거리고
설렘과 아쉬움으로
손가락을 건 약속들을 신고
기차는 떠났다.
창호지를 스치는 눈 소리가
방 안 가득하고
바람이 색깔을 입히며
겨울의 한때가 눈 위에 그려지는 동안

등잔불 심지 돋워 불을 밝히는
그 집으로 가는 기차는 떠나갔다.

물에 섞여 흙과 모래가 떨어지고
얼룩이 비눗물에 지워진
운동화 볕에 내어 말린다
이제
끈을 단단히 매고
뽀송뽀송한 걸음으로 길을 나선다
64번 버스를 탄다

이제
집으로 간다

# 연필을 다시 깎으며

수필이었을 거야.
여름 장마 끝
마당을 채우던
낙숫물 소리가
흑백의 세밀화처럼 그려진 그 글은

얇은 해가 덥혀놓은 담벼락이 식을 때쯤
밥 짓는 냄새 얹힌 겨울 풍경과
도회로 가는 버스가 떠난 자리에
손 흔드는 어미가 서 있던 글은
읽고 또 읽어보는
장편의 소설이었어

게으른 시간을 끄적이던 단문들
갈피를 잡지 못한 서성이던 걸음들이
어설픈 문장이 되어 버려지고
헐렁한 약속들은
낡은 서랍 속에서
구겨지는데

무디어진 연필을 다시 깎을 수 있을까.
오월의 숲에서

달큰한 수액이 흐르는 나무의
출렁이는 시간과
담장을 타고 오르던 장미의 열정이
오후 그늘에 섞여
명도를 낮춘 글은
한결 말랑해진 언어의
날숨과 들숨이 되고
쉼표처럼 내리는 유순한 빗줄기가
어느 봄
풋잠 들듯
마침표를 찍어 줄
그런 글을
다시 쓸 수 있을까.

# 풍경 1

지호야
네 머리에 햇빛이 묻었네
할머니가 털어 줄게.
햇빛이 털어지지 않아

지호 일어나서
타박타박 그늘 속으로 들어간다
할머니
내가 햇빛 털어냈어.

# 마른 풀

바람결에 쓰러지는
마른 풀들
휘청이고
비틀거리며
주저앉은 날 몇 번이었을까

홍역 앓던 어린 딸
떠나보내는 그 밤
소쩍새는 밤새워 울었다

중환자실에 누워
소쩍새가 운다
소쩍새가 운다
봄빛 하얀 저편

멀어져 간 어머니

# 오래된 풍경 한 점

팔팔 연탄 공장 옆 큰 프라타나스가
길게 그림자를 키운 저녁나절
까뭇한 연탄불 위에
주름진 냄비에 찬밥 덩이와 신김치를 볶으며
돌아올 손녀를 기다리는 동안
노랗고 빨간 헌 털실
할머니 손에서 이리저리 무늬로 섞인다
담을 넘어오는 아이들 소리 알록달록한
무늬로 넣어주고
길은 넓고 반듯하게 떠간다
구덩이는 야무지게 메꾸고
빠르지도 느리지도 않게
보폭 적당하게 떠가는 털옷
이맘때쯤
소금밭에서 영그는
바다 빛을 그리며 출렁일 손녀 마음도
촘촘하게 넣는
할머니의 뜨개질

오늘도
할머니 콧잔등에
얹힌 돋보기에 노을이 물들고 있다

## 황도에서

물총새 몇 마리
발자국 남겨놓고
타는 노을 속으로 들어가고
갯메꽃 홀로 피어 흔들리다
꽃잎을 닫고 나면
하루를 푸념하던 배마저 떠난
바다 위로
고향 집 감나무 밑
까맣게 그을린 채
서 있는 어머니가
출렁거렸다

# 마을에서


낡은 책장을 넘기자
등 굽은 지붕들이
불편한 몸을 뒤척이고
꽃은 피었었을까.
말라 버린 잎사귀들
오래전부터 시작된 그늘 위에
버석거리는 글을 쓰고 있었다
검버섯 핀 웅덩이에
눅눅한 단어 몇 개는
더디 가는 시간에 매달려 있고
가래 낀 숨소리의
해는 한 뼘씩 짧아져 가는데
회색의 시간 위로
새들은 떠나고
빈 들 갈피마다 쓰인
얼음 섞인 문장들이
기운 처마 끝에 매달렸다 떨어진다

아직
남아있는 이야기들은
마지막 책장을 잡고
담벼락에 기대어
수런거리고 있다

# 고향 집

해소 기침
늙은 어미
무명옷 입고 떠난 후
빈 마당엔
돌보지 않아도 풀들은
무성하다
어미 어깨처럼 기울어진 추녀 아래
이끼 소복이 자라고
수시로 열고 닫히던 문고리
말을 잊은 지 오래
마당 가
나팔꽃만
하염없이
피고 지고 있다
서까래 아래
거미 집엔
새끼 품은 거미
저녁 빛 아래
그때처럼
따뜻하리라

# 봉숭아 물

플랭카드 나풀거리는 시청 소나무밭

동그랗게 모인 사람들 속 들여다보니 몇 가닥 흰머리 내린 부부가 같은 또래 할머니의 손톱에 봉숭아 물을 들여주고 있다.

곱게 빻은 꽃잎을 손톱 위에 올려놓고 잎사귀로 동그랗게 싼 다음 실로 꽁꽁 묶어 준다.

새끼손가락에 들일까, 양손 다 들일까, 할머니들 두런두런 얘기하며 차례를 기다린다.

초롱초롱한 별 쏟아지던 밤

모깃불 피어 놓고

봉숭아 물을 들이던 그 밤을 떠올리며

검버섯 핀 얼굴에 봉숭아 물이 들던 오후

첫눈 올 때까지 붉게 남아야 할 이유 하나씩 품는다

# 첫눈

창문 밖
기웃거리던
핼쑥한 얼굴
훌쩍이다
떠났다

숨바꼭질하는 아이들
바라보다
허기진 배를 쓸며
동생을 등에 업은 으누가
빈 밭을 돌며
냉이며 달래 쑥 캐어
다 차지 않은
바구니 들고
어둠을 끌고 집으로 간다

그 봄 다 가기 전
늑막염을 앓던 으누는
떠났다.

# 오래된 책 읽기


오후 다섯 시나 여섯 시
아니면 조금 더 지난 때
닳고 해진 책을 읽는다
신경통으로 굽은 나무의
겨드랑이에서 나온 푸념들이
빈 마당 빗질하는 페이지는 심심하고
그 한 귀퉁이
담장 따라
그늘진 자리
알약 같은 꽃들만 피었다.

다시 책장을 넘기자
허공에 널린 젖은 옷이
오후의 시든 볕에 펄럭인다
보풀 일고
더러더러 올 풀어지고 해진
손때 묻어 가뭇한 페이지에는
감꽃이 피었다 지고
여전히
허기진 조팝이 칭얼거리는 하루해는 길기만 하다.

측백나무의 휘어진 가지에 걸린

고단한 발자국이
긴 쉼표로 끌고 가던 책은
팔월 빗속
황토물 흘러내리듯
서쪽 하늘
붉게 젖으며
마침표를 찍었다.

# 신두리 모래밭

모래밭에 쓰여있는 글을 읽었어.
물살에 씻기고
바람에 흩어진
모래와 조개껍질 모아서
쓴 글이었어
몇 번을 추스르고 다듬으며 써 간 글
바닷물에 헹군 마음은
바위에 펼쳐놓고
갯벌에 빠진 발자국 추스르며
꼭꼭 눌러 쓴 글이었어
솔잎이 그어놓은 자음은 휘청이고
갯멧꽃 이응은 일그러졌어.

언제 던져 놓은 질문인지.
갯완두 꽃에 매달린 물음표는 시들었어.
아직 풀어내지 못한
응어리들
빈 조가비에 담아
바닷물에
띄워 보내고
또 보낸

&gt;
산문의 긴 글을
읽었어

# 느리게 걸으며 아득한 곳의 행복 찾기
## — 이혜숙의 시 세계

권 온 문학평론가, 문학박사

# 느리게 걸으며 아득한 곳의 행복 찾기
— 이혜숙의 시 세계

권 온 문학평론가, 문학박사

　이혜숙의 이번 시집은 10년 고개를 넘어서는 시인詩人의 시력詩歷에서도 유의미한 터닝 포인트가 될 것으로 기대된다. 그녀의 책에는 시간, 기억, 말(언어), 생각, 시, 밥, 그리움, 삶, 마음, 이기심, 웃음(행복) 등의 어휘가 그득하다. 이혜숙의 시집을 채운 어휘는 단순한 단어나 표현이 아니다. 그것은 언어의 딱딱한 경계를 뛰어넘어 활발하게 움직인다. 그것은 삶이고 사랑이다. 우리는 시인이 선택한 시집 제목처럼 『웃음이 번져 봄이 되는』 진귀한 체험과 경험을 목도하고 감각할 수 있다. 독자들은 13편의 시를 다리 삼아 스스로를, 가족을, 이웃을, 지인을, 사회를, 세계를, 우주를 생각하고 상상하며 꿈꿀 것이다.

　　마른 바람이 서성이고
　　깃털 곤두세운 새들의 발자국
　　더러
　　얼음 위를 걸어가는
　　창백한 겨울

문장이 되지 못한 단어들은
더 갈 수 없는 자리에서
단단히 얼어가고

(…)

떠나야 할 것들이 다 떠난 자리
헐거워진 시간으로
기억의 잔뿌리를 내리고
몸통을 키워야 하리라
비로소
내리던 눈들이 그치고
얼었던 강물은 풀어져
싱싱한 물빛 언어로
너에게
긴 서사의 편지를 쓸 수 있으리라
　　　―「다시 쓰는 편지」부분

　주위를 둘러보자. "바람"은 말라있고, "새들"은 깃털을
곤두세웠으며, "얼음" 가득한 "겨울"은 창백하다. 영글지
못한 "단어들"은 아직 의미 있는 "문장"이 되지 못하였다.
우리는 무언가 부족하고 비어 있는 공간에 위치한다. 그곳
은 "떠나야 할 것들이 다 떠난 자리"이다. 놀랍게도 이혜숙
은 황량한 공간에서 새로운 시작을 준비한다. 그녀는 "시
간"과 "기억"의 힘으로 "잔뿌리를 내리고/ 몸통을 키워야"
한다고 다짐한다. 바로 이 순간, "내리던 눈들이 그치고/

얼었던 강물은 풀어져" 무언가 가득하고 충만한 공간이 형성된다. 시인은 새봄의 기운을 담은 "싱싱한 물빛 언어로" 지향의 대상으로서의 "너"에게 "긴 서사의 편지를" 쓸 것을 다짐한다. 그리하여 우리는 마이너스가 플러스가 되는 순간, 겨울이 봄이 되는 시간, 서정이 서사와 만나는 기적을 꿈꾸게 되는 것이다.

> 이 사이로 빠져나가는
> 바람 같은 말
> 시월
>
> (…)
>
> 먼 가지 위
> 까치밥 하나 마련해 놓고
> 느리게 걷는 저녁나절
> 창호지 문살에
> 어둠이 얹히면
> 고무신 콧등의
> 흙먼지 털어내고
> 눕는 아랫목
> ―「시월」 부분

가끔 그런 말이 다가올 때, 많은 이들의 가슴은 설렘으로 요동친다. 이 시를 읽는 당신은 "이 사이로 빠져나가는/ 바람 같은 말"을 체험하거나 경험한 적이 있는가? 이혜숙이

꼽은 그런 말은 "시월"이다. '십월'이 아닌 '시월'을 마주하면서 우리는 미묘한 떨림을 느끼기도 한다. 거기에는 "까치밥"의 정겨움과 "아랫목"의 따스함이 있다. 또한 그곳에는 "먼 가지"와 "느리게 걷는 저녁나절"에 내재하는 아득한 고요가 위치한다. 언젠가 법정 스님은 "늘 무엇으로부터 쫓기는 사람은 아름다움을 받아들일 여유가 없다."라고 이야기한 적이 있다. 그에 따르면 "사람은 쫓기듯 살면 안 된다. 그것은 자주적인 삶이 아니다." 이 시에서 시인이 누리려는 멀고 느린 삶이 아름다운 까닭은 그것이 쫓기는 삶이 아닌 자주적인 삶이기 때문이다.

흩어진 생각들을 모으고

줄기를 세워 오르고

꽃도 피우면서

더는 올라갈 수 없는 자리에서

오르는 건

내려가기 위한 것이란 걸 알았어.

내려가고

또 내려가 더 내려갈 수 없을 때

다시

어둠 속에 뿌리를 내려야 한다는 걸

함께 손잡고

일어서야 한다는 걸


밟히고

밟히며 살아가는 질경이의 숨소리를 들어야 한다는 걸

세상의 끝에 올라서야

알았어
—「해바라기」 부분

　이혜숙에 의하면 인간은 "더는 올라갈 수 없는 자리"까지
오르려는 존재이다. 또한 인간은 "더 내려갈 수 없을 때"까
지 내려가는 대상이다. 그리하여 그는 또는 그녀는 "어둠 속
에 뿌리를 내려야 한다는 걸" 잘 알고, "함께 손잡고/ 일어
서야 한다는 걸" 파악하였다. 시인에 따르면 사람은 '올라가
기', '내려가기', '어둠에 뿌리 내리기', '함께 일어서기' 등의
단계를 거치면서 마침내 어떤 인식 또는 깨달음의 순간에 도
달한다. 우리는 "밟히고/ 밟히며 살아가는 질경이의 숨소리
를 들어야 한다는 걸" 알게 된다. 독자들은 막다른 골목 앞
에서 질경이의 가치를 비로소 확인하고 그것에 공감한다.
또한 우리는 한국 사회의 근간을 이루는 민중 또는 민초를
향한 긍정 속에서 자연과 인간의 조화를 지향한다.

　　놓아야 할 것과
　　잡아야 할 것들을
　　골똘하게 생각해야 할 때
　　반쯤 열린 창문 넘어
　　하늘은
　　어미를 닮아 단호하다

　　(…)

한 줄의 시는

누구의 밥이 될 수 있을까.

물음표 위로

찬비만 쏟아지는 계절


다시

가방을 싸야 한다

　　―「십일월쯤」 부분


　살아가다 보면 "놓아야 할 것과/ 잡아야 할 것들을/ 골똘하게 생각해야 할 때"가 다가온다. 무엇을 놓고, 무엇을 잡아야 할 것인가? 인연因緣은 자연스러운 흐름으로서 이해될 수 있다. 다만 인연의 선택에는 "단호"한 결단력도 필요하다. 시를 쓰는 시인詩人으로서 이혜숙은 '시'와 '밥'의 관련성을 탐구한다. 그녀의 질문 또는 의문은 고뇌 또는 고통과 분리될 수 없다. 긴요한 바는 시인의 도전이 여전한 현재진행형이라는 사실이다.


　비 오는 날엔


　모두가 섬이 된다.


　빗줄기 넘어 아득한 곳에


　네가 있고

그 거리만큼

오늘은

네가 그립다
―「비 오는 날엔」전문

　자연물은 때로 인간에게 새로운 기회를 제공한다. 이번
시에서의 "비" 또는 "빗줄기"에도 그와 같은 힘이 내재한
다. '비'는 모든 존재가 섬이 될 수 있는 조건이자 상황으로
서 기능하기 때문이다. '비'는 "아득한 곳" 또는 "그 거리"를
설정하여 '너'와의 간극, 간격, 틈 등을 환기한다. '비'는 닿
을 수 없는 곳에 위치한 '너'를 향한 '그리움'을 불러일으킨
다는 점에서 대단히 역동적이다.

서러워 말 일이다
돌이켜 울먹이고
억울할 일 아니다
부대끼고
깨지고
가슴에 풀리지 않는 멍울
더 붉게
더 진하게
물들이면 될 일이다

쓸쓸하면 쓸쓸한 대로

피 토하듯
온몸으로 살아 낼 일이다
온몸으로 너에게 다가가면 될 일이다


가을
가을이다
— 「물들어라」 부분


  인간은 자연으로부터 깨달음을 얻는 경우가 많다. 인간
은 본질적으로 자연의 일부로서 자연에 속하기 때문이다.
사람의 감정, 정서, 느낌, 기분 등은 수시로 움직일 수 있다.
때로 그것은 마이너스 방향을 가리키기도 한다. 가령 이 시
에 제시되는 서러움, 울먹임, 억울함, 쓸쓸함 등이 그러하
다. 중요한 바는 이와 같은 부정적인 상황에서도 시적 화
자 '나'가 삶을 향한 열정을 포기하지 않는다는 점이다. 이
혜숙은 "가을"의 "물들"임을 목도하면서 "온몸으로", "너에
게 다가"갈 것임을, "온몸으로", "살아 낼" 것임을 "피 토하
듯" 맹서한다. 김수영을 잇는 '온몸의 시인'이 여기에 있다.


환하게 웃으며 다가오다가
늘 멀어져 가는
그게 너인 줄 알았어.
꽃처럼 웃다가
공연히 하늘 보고 울먹였던 것이
다 너 때문인 줄만 알았어.
옥녀봉에 올라

그네를 타 보고서야 알았어.

그 자리에 늘 네가 있었던 것을

어둠 끝에서 빛으로 서성였던 것이

떠나지 않은 네 마음이었다는 걸

이제야 알았어.

바람 없이도 흔들리는 건

내 마음이었어

내 마음뿐이었어

　　　　　　　—「그네를 타 보고서야」 전문


　15행으로 구성된 이 시는 시적 화자 '나'의 생각에 집중한다. 소중한 대상으로서의 '너'를 향한 '나'의 사유는 의식과 무의식의 경계를 넘나들면서 자유롭게 흐르고 있다. '나'는 '너'를 "늘 멀어져 가는" 대상으로서 기억하지만 그것은 잘못된 판단이었다. 또한 '나'는 "하늘 보고 울먹였던" 이유로서 '너'를 지목하지만 그것 역시 잘못된 판단이었다. '나'는 '너'를 오해하고 있었던 것이다.

　'나'는 '너'가 "그 자리에 늘" 있었고, "어둠 끝에서 빛으로 서성였던", "떠나지 않은", "마음"의 소유자임을 파악하였다. '나'는 "옥녀봉에 올라/ 그네를 타 보고서야", '너'를 이해할 수 있게 되었다. '너'를 향한 이해가 "이제야" 시작되는 것이다. 그동안 '나'는 "흔들리는" 대상이 '너'인줄 알았다. 하지만 "바람 없이도 흔들리는 건/ 내 마음이었"다. 바로 이 대목에서 '너'를 향한 오해가 '너'를 위한 이해로 변주되고 마침내 '나'에 대한 자각으로 재탄생한다.

늪은 내가 만들어 놓은 거였어
흐르는 물줄기를 막아서고
봄볕에 나선 여린 풀들을 밟아버리는
이기심은
호외처럼 뿌려지던
소나기도 외면하는 몸짓으로
번져갔던 거야
뱉어낸 말들이 썩어가고 있었던 거야

내가 늪이었던 거야.
　　― 「늪이었던 거야」 부분

　일반적으로 시에서 "늪"을 다룰 때 시적 화자 '나'는 그 독
특한 공간 또는 상황에 빠져있다. 이혜숙이 구성하는 늪은
조금은 색다르다. 이곳의 늪은 "내가 만들어 놓은 거였"기
때문이다. 스스로 늪을 조성한 주체가 된 '나'의 성격을 규
정하는 표현들을 점검해 보자. 우리의 시선은 "막아서고",
"밟아버리는", "외면하는", "썩어가고" 등의 동사에 꽂힌
다. 또한 그와 같은 동사들은 "이기심"으로 귀결된다. 자신
을 인식하고 성찰하며 반성하는 '나'가 전달하는 통찰로서
의 시를 음미해야 할 시간이다.

　　나는
　　살고 싶어졌다

　　휘청이는 허공에서

견디는
저
감 하나의 시간

삶의 끝자리에서
누군가의 밥이 될 때까지

나는
살고 싶어졌다
─「까치밥」 전문


　"까치밥"은 그것을 바라보는 개인의 성향에 조응하면서
다양한 반응을 불러일으킬 수 있는 대상이다. 까치밥이 시
인에게 전달한 반응은 '삶을 향한 욕망'으로 요약 가능하다.
이혜숙이 포착한 삶의 욕망은 '견딤' 또는 '인내'로서의 '시
간'을 의미한다. "삶의 끝자리"로서의 "휘청이는 허공"은
보통 '죽음'으로 이해되곤 하는데, 그녀는 이를 "누군가의
밥"으로 치환함으로써 우리들의 '삶' 또는 '생生'에 따스한
온기를 불어넣는데 성공하고 있다.


저 물소리 따라
내 저녁도 오리라
메밀꽃들 비에 젖어 떨어지듯
떨어지는 내 시간들
이른 봄
언 눈 녹여가며

흘러내리던 물소리는 어디에 닿았을까.


떨어진 메밀꽃

몇 송이 주워

내 화폭에 그려 넣고

오늘은

저 물소리 따라

끝도 없이 흘러가 보리라

　　　　　　　　　— 「봉평에서」 부분


　이 시에는 시적 화자 '나'의 "시간들"이 흐르고 있다. "이른 봄" 또는 "흘러내리던 물소리"는 '과거'의 시간을 가리키고, "오늘" 들리는 "저 물소리"는 '현재'의 시간을 뜻하며, "끝도 없이 흘러가 보리라"에 담긴 것은 '미래'의 시간을 향한 '나'의 포부이다. 작품 제목과 본문에 등장하는 "허생원", "나귀", "봉평", "메밀꽃", "왼손잡이", "개울물", "물레방아" 등의 어휘에서 충분히 유추할 수 있듯이 이 시의 배경에는 이효석의 '소설'이 위치한다. 이제 '소설'의 삶은 '시'의 삶과 연결되고 문학으로 확장한다. 그것은 또한 예술로 커지고 문화로 깊어진다. 그런 까닭에 이혜숙의 시를 읽는다는 것은 우리들의 삶에 거부하기 힘든 생의 활력을 주입하는 일이다.


밤새

비가 오고 바람이 훑고 간 호수

깨어지고 부딪쳐

울퉁불퉁한 수면 위로

아침 안개 내려와

팽팽하게 당겨진 줄은

느슨하게 풀어주고

끊어진 줄 다시 이어준다

부드러운 몸짓으로

날카로운 모서리는 쓰다듬어 주고

한결 편안해진 호수

버드나무 가지가

뒤뚱거리던 물달개비 한쪽 어깨 잡아주는 동안

청둥오리 새끼

첫 날갯짓으로

하늘 속으로 풍덩 날아오른다

살아가는 일은

호수 위로 번져가는

웃음소리를

내가 듣는 일이야.

　　　　　　―「살아가는 일은」 전문


　시인은 '긴장'이 아닌 '이완'을 선택한다. 그녀는 또한 '단
절'이 아닌 '연결'을 실천한다. 이혜숙에게 "날카로운 모서
리"는 낯선 대상이다. 그녀는 원과 같은 "부드러운 몸짓"으
로 편안함을 지향한다. 시인에 의하면 "살아가는 일은/ 호
수 위로 번져가는/ 웃음소리를/ 내가 듣는 일"이다. 이는
웃음을 경험하고 감각하는 것에서 삶을 체감한다는 언급일
수도 있다. 그것은 행복에 다가서는 일이기도 하다. 이 시

에 제시된 신선하고 선명한 진술로서의 "하늘 속으로 풍덩 날아오른다"를 "행복은 지금 이 순간의 삶에 위치한다."라는 법정 스님의 말씀과 연결하여 생각해 보는 것은 어떨까?

> 봄눈은 잦고
> 빈 밭을 뒤적이는 어린 손등이 갈라져 피멍울 맺히던
> 햇보리 나오기 전
> 다북쑥 소복한 들에서 헛배는 부르고
> 그해 여름
> 밀려온 태풍을
> 맨몸으로 막아서던 아비는
> 물에 젖어도
> 지워지지 않을 경전을 썼으리라.
> —「아비의 경전」 부분

'경전經典'은 '거룩함'이나 '경건함' 또는 '엄숙함' 등의 속성과 연결될 수 있다. 경전에는 오랜 시간이 축적되어 있고 변하지 않는 반짝임이 가득하다. 이혜숙은 종교의 경지나 반열에 비교할만한 이와 같은 속성을 "아비"에게 투사한다. '아비' 또는 '아버지'는 "햇보리 나오기 전"의 다급한 시기를 배경으로 삼는다. 그녀가 차오르는 "헛배"로 "보릿고개"라는 이름의 격랑을 견뎌야 했을 때, 아비는 거대한 숟가락이자 넉넉한 밥그릇이었을 테다. 또한 시인에게 아비는 "밀려온 태풍을/ 맨몸으로 막아서던" 절대적인 대피소이자 본질적인 방공호였을 게다. 그리하여 마침내 우리들의 '아비', '아빠', '아버지'는 영원히 "지워지지 않을 경전"

이 되고 만다.

> 초롱초롱한 별 쏟아지던 밤
> 모깃불 피어 놓고
> 봉숭아 물을 들이던 그 밤을 떠올리며
> 검버선 핀 얼굴에도 봉숭아 물이 들던 오후
> 첫눈 올 때까지 붉게 남아야 할 이유 하나씩 품는다
> ─「봉숭아 물」 부분

"봉숭아 물" 또는 '봉숭아물'에 얽힌 에피소드를 가진 이들이 적지 않을 것이다. 그것은 "초롱초롱한 별 쏟아지던 밤"이나 "모깃불" 등의 정다운 대상들과 연결되면서 '추억'과 '기억'을 되살린다. 그곳에는 '시간'과 '세월', '사랑'과 '행복' 등을 포괄하는 삶의 가치, 이유, 덕목 등이 내재한다. 우리는 봉숭아물과 이어진 "그 밤"의 '과거'와 "오후"의 '현재' 그리고 "첫눈 올 때"의 '미래'를 관통하는 영원성의 시학에 주목할 필요가 있겠다.

13편의 시를 중심으로 이혜숙의 새 시집을 읽었다. 그녀는 "느리게 걷는" 삶의 중요성을 소환한다. 시인이 지향하는 세계는 멀리 있거나 "아득한 곳"에 위치한다. 어쩌면 거기는 "함께 손잡고 일어서야" 도달할 수 있는 장소 또는 공간인지도 모른다.

이혜숙의 생각은 캐나다 작가 어니 젤린스키Ernie J Ze-linski와 연결된다는 점에서 주목된다. 젤린스키는 "행복을 찾는 것이 급하다면, 속도를 줄이세요. 행복이 당신을 따라잡을 수 있도록 기회를 주세요.(If you're in a hurry to find happiness, slow down. Give it a chance to catch up with you.)"라고 이야기한 바 있기 때문이다.

또한 이혜숙은 스스로를 돌아보고 성찰하며 반성한다. 그녀에 의하면 삶은 서러워할 일도 아니고 억울해 할 일도 아니다. 삶은 또한 쓸쓸해 할 일도 아니다. 시인은 독자들에게 다만 가을 나무가 단풍들 듯이 "온몸으로 살아"내라고 제안한다. 이혜숙은 "바람 없이도 흔들리는" 대상으로서의 마음을 인식하고 자신이 "늪"임을 깨닫는다. 그녀는 '나'의 시간과 삶을 있는 그대로 긍정하는 자세를 보여준다. 그것은 꽃이 떨어지듯이, 물이 흘러가듯이 자연스러운 궤적을 형성한다.

지금, 여기에서의 우리들에게는 아버지가 그러하였고, 아버지의 아버지가 그러했듯이 엄청난 행운으로서의 생生을 온전히 받아들이는 "웃음소리"가 필요하다. 그것은 겨울이 봄으로 바뀌는 기적의 순간이기도 하다. 시인의 영롱한 웃음소리가 앞으로도 지속되기를 바라고 또 바란다.

## 이혜숙

이혜숙 시인은 경기도 화성에서 출생했고, 2011년 『문학마을』 신인상으로 등단했다. 이혜숙의 첫 시집 『웃음이 번져 봄이 되는』은 10년 고개를 넘어서는 시인詩人의 시력詩歷에서도 유의미한 터닝 포인트가 될 것으로 기대된다. 그녀의 책에는 시간, 기억, 말(언어), 생각, 시, 밥, 그리움, 삶, 마음, 이기심, 웃음(행복) 등의 어휘가 그득하다. 이혜숙의 시집을 채운 어휘는 단순한 단어나 표현이 아니다. 그것은 언어의 딱딱한 경계를 뛰어넘어 활발하게 움직인다. 그것은 삶이고 사랑이다. 우리는 시인이 선택한 시집 제목처럼 『웃음이 번져 봄이 되는』 진귀한 체험과 경험을 목도하고 감각할 수 있다. 독자들은 이혜숙의 시를 다리 삼아 스스로를, 가족을, 이웃을, 지인을, 사회를, 세계를, 우주를 생각하고 상상하며 꿈꿀 것이다.


이메일 : jouviea@hanmail.net

이혜숙 시집
웃음이 번져 봄이 되는

발    행  2022년 7월 20일
지 은 이  이혜숙
펴 낸 이  반송림
편집디자인  반송림
펴 낸 곳  도서출판 지혜
주    소  34624 대전광역시 동구 태전로 57, 2층 도서출판 지혜(삼성동)
전    화  042-625-1140
팩    스  042-627-1140
전자우편  ejisarang@hanmail.net
애지카페  cafe.daum.net/ejiliterature

ISBN : 979-11-5728-480-1  03810
값 10,000원